Giuseppe Laganà

La '*ndrangheta* è anche femmina …

e non è bella

Youcanprint *Self-Publishing*

Titolo | La 'ndrangheta è anche femmina... e non è bella
Autore | Giuseppe Laganà
ISBN | 978-88-91153-31-9

Youcanprint Self-Publishing
Via Roma, 73 - 73039 Tricase (LE) - Italy
www.youcanprint.it
info@youcanprint.it
Facebook: facebook.com/youcanprint.it
Twitter: twitter.com/youcanprintit

A mia moglie, ai miei figli
e alle famiglie da cui proveniamo,
del cui grande affetto sono
beneficiario e testimone.
Alla città di Reggio dove
ho trascorso gli anni intensi
dell'infanzia e dell'adolescenza;
a Roma che generosamente
mi ha accolto

«No, resisterò e non fuggirò.
Non andrò in qualche torre d'avorio,
lontano dagli uomini,
fuggendo col pensiero questo mondo. Voglio restare in
questo mondo,
così com'è,
a questo mondo dove si lotta.
Voglio restare al mio posto»
Lucien Jerphagnon

«A voi donne che sapete
il coraggio di chi ha paura,
la forza di chi è debole…,
esercito fragile ed
invincibile,
madri del futuro»
Ferruccio Parazzoli

Grazie a Danilo Angelelli, Francesco Carloni, Paolo Coppola, Cristiano Di Giorgio, Luigi Silvano Filippi, Anna Maria Lanza, Daniela Lucarelli, Marina Roia, Marco e Graziella, Massimo e Gianna, per il tempo e l'attenzione che mi hanno generosamente dedicato.

«Casale Monferrato, 1989. Andavamo spesso ai giardini pubblici, di fronte ai quali stavano costruendo un palazzo. Io osservavo con interesse quel lavoro. Un giorno, oltre ai muratori, notai delle donne che trasportavano calce ed attrezzi pesanti sulle spalle e si arrampicavano su precarie scale di legno. Mi fu spiegato che erano le mogli di quei muratori, che aiutavano i mariti a guadagnare quel tanto in più che rendeva sufficiente il salario per portare avanti la famiglia».

Camilla Ravera racconta la sua vita
Rita Palombo – Rusconi Editore

Prefazione

Professor Antonio Ciaschi
Geografo della Libera Università Maria Ss. Assunta Roma

C i vuole coraggio, ma forse non solo, per chiedere l'ausilio della geografia per aprire il sipario sul bel lavoro, *La 'ndrangheta è anche femmina... e non è bella*, di Giuseppe Laganà, psicologo e psicoterapeuta, da molti anni impegnato nell'approfondimento dello studio della persona e delle relazioni umane in contesti ad alto potenziale critico. La mediazione geografica ha la straordinaria competenza di riporre la questione identitaria tanto umana quanto paesaggistica al centro delle discussioni con tutti gli esperti dell'ambito interessato dalle relazioni uomo-ambiente.

Infatti, come ha scritto Eugenio Turri, uno dei massimi geografi contemporanei: «Il paesaggio racconta in due modi diversi le storie degli uomini. Anzitutto racconta gli *événements,* cioè i fatti minimi o memorabili di cui esso è stato il palcoscenico: storie quotidiane, avvenimenti scontati, dimenticabili, e gesta di grande rilievo e decisive nel segnare il corso della storia. L'altra forma di racconto del paesaggio riguarda la storia della sua formazione, del suo costituirsi attraverso il tempo, la storia delle sedimentazioni che di episodio in episodio, di generazione in generazione, sono andate a sovrapporsi e ad innestarsi sulle eredità del passato. Il paesaggio, quindi, inteso come successione di momenti e modi diversi delle società umane di rapportarsi con il territorio che le ospita, di viverlo e trasformarlo secondo le proprie esigenze vitali».

Il paesaggio e le persone che lo abitano, che ci descrive Laganà, aggiungono alle riflessioni di Turri, da un lato, un'interpretazione psicologica, dall'altro, una variazione di genere, cioè il ruolo della donna nella famiglia mafiosa. «La 'ndrangheta è l'unica mafia ad avere una carica sociale riservata alle donne, "la sorella di omertà". È prevista un'affiliazione al femminile che diventa automatica nel caso in cui si nasca in una famiglia 'ndranghetista. Altrimenti è necessario dimostrare la propria affidabilità per potervi accedere. Senza peraltro aspirare a far carriera. La donna di solito coadiuva l'uomo nelle attività illecite, supporta l'organizzazione e apparentemente non svolge funzioni di comando o comunque fondamentali alla vita della cosca. Ma agisce nell'ombra. Conserva la memoria. Educa i figli alla cultura mafiosa e tiene in vita la sua 'ndrina tutelandone l'onore. È la donna che alimenta la vendetta serbando nel cuore i morti e pretendendo che il sangue venga lavato con altro sangue» (Smaldone, 2013).

Le donne sono un elemento cruciale nel sodalizio malavitoso così come lo erano nelle civiltà arcaiche, e lo sono ancora nelle Terre Alte della nostra penisola. «Da loro dipende la decisione di mantenere le famiglie sul territorio, di fare figli, e quindi la possibilità di continuare ad esistere di molti paesi ... Le donne, nel corso dei secoli, sono riuscite a sopravvivere in ambienti limite, mantenendo uno stretto rapporto con la natura, sfruttando le risorse ma conservando e curando il territorio nello stesso tempo. Senza rinunciare alla magia ed alla poesia, che le hanno trasformate in custodi della memoria» (Zucca, 2002).

E quindi, se il territorio è la risultante del continuo rapporto uomo/ambiente, il suo governo è fortemente influenzato dai gruppi sociali e dai relativi comportamenti.

Il geografo nel suo mediare svolge un ruolo attivo e, oltre che importante, delicato poiché si fa garante che il processo di conciliazione abbia determinate caratteristiche: verosimile e fattibile; credibile e vantaggioso; non sia imposto e passivo; consenta la vera crescita e l'autonomia.

Per questo credo che l'incontro di queste due discipline, psicologia e geografia, all'apparenza molto diverse, può far germogliare nuovi filoni di ricerca e definire modelli innovativi per supportare le scelte dei decisori politici per il governo locale.

Ogni ambito territoriale è contraddistinto da un proprio paradigma di funzionamento interno che dipende dalla storia, dalla cultura, dall'assetto geomorfologico, da variabili e grandezze economiche e sociali, oltre che da diversità strutturali tali che un modello di analisi deve riuscire a rappresentare il carattere pluridimensionale di un territorio per favorire un'utilizzazione parsimoniosa delle risorse e preservare sia la qualità di vita che le condizioni economiche, al fine di consentire uno sviluppo improntato alla sostenibilità.

In questi anni di esperienze lavorative e di studio ho potuto toccare con mano il profondo iato fra territori al centro e al margine dello sviluppo. Lo studio di Giuseppe Laganà ha la sua matrice in un'area del nostro Paese dove è forte la voglia di uscire dalle sabbie mobili dell'indifferenza e tra le righe emerge una capacità di riprogettare il proprio territorio avendo a cuore il contesto locale, dove l'essenziale è sempre contrapposto al superfluo, dove ancora oggi ha senso lo scandire delle stagioni e dove si ha la consapevolezza di quanto la pioggia e il sole contribuiscano, insieme, alla vita e al lavoro di tutti i giorni: il saper fare antico dei gesti quotidiani contraddistingue modalità di confronto sociale e di identificazione comunitaria.

Tutto questo non è visto in un'ottica romantica e nostalgica, ma nel senso più pieno di una vitalità moderna e innovatrice che attinge dal patrimonio arcaico.

L'incontro felice, sulle montagne calabresi, dell'orchidea, pianta evoluta sul piano biologico, e della felce, una delle prime piante nate dopo la glaciazione, sta a dimostrare che è fondamentale studiare modelli innovativi di sviluppo locale, nella consapevolezza che la via per lo sviluppo passa attraverso un progetto scientifico di ripensamento in positivo delle identità primitive delle comunità locali, nella consapevolezza che proprio dalle donne viene la spinta all'innovazione, il bisogno di qualità, la volontà di recupero delle tradizioni.

Questo percorso, sotto traccia, è auspicato dall'autore, e dai protagonisti intervistati, che pongono l'accento sul ruolo primario della funzione educativa (famiglia, scuola, associazionismo, chiese) nel ripensamento in positivo dei comportamenti culturali, per lo sviluppo e il benessere sociale ed economico dei territori. A questo proposito vale la pena ricordare il Bando di concorso del Ministero dell'Istruzione, dell'Università e della Ricerca Scientifica *Geografia e legalità, sconfiggere le mafie nella mia regione* in occasione del XXI Anniversario della Strage di Capaci, che, nell'edizione del 2013, ha visto vincitore l'Istituto comprensivo "De Amicis" di Vibo Valentia.

Molte volte mi sono ritrovato a riflettere sul senso di spaesamento che pervade la comunità locale, scardinata dalla modernità, ma sempre in cerca di un riscatto portato avanti direttamente dai suoi paesi e dalle sue città, dai suoi stessi abitanti. La donna nella comunità costituisce il perno su cui poggia il rinnovamento e l'adeguamento al contemporaneo, al globale. La donna descritta dall'autore rappresenta la cerniera tra passato e presente e tra presente e futuro: mantiene la tradizione di quel mondo. Come la fenice risorge dalle proprie ceneri, così la donna della 'ndrangheta è garante di continuità. Anche se qualcosa sta lentamente e faticosamente cambiando.

Caro Giuseppe, a presto.

Introduzione

S ul ruolo della donna all'interno della 'ndrangheta, oggi l'attenzione è notevolmente cresciuta e si sono susseguite numerose pubblicazioni che gettano luce su questo aspetto per tanti anni trascurato. Per troppo tempo, infatti, la riflessione scientifica e culturale ha approfondito, in maniera più o meno efficace, il livello politico, economico, sociale e giudiziario del fenomeno sottovalutando, con pochissime eccezioni, il ruolo e le funzioni che la coppia genitoriale svolge all'interno del nucleo familiare, e quelle che sono le specificità della figura femminile a torto considerata marginale, ma che invece, a mio avviso, da sempre è stata di fondamentale importanza per la nascita e lo sviluppo di questa organizzazione criminale.

Questo testo vuole essere un piccolo contributo nel mettere a fuoco i principali meccanismi psicologici che sottostanno al processo di maturazione dell'individuo dentro la complessa trama delle relazioni familiari funzionali a quelli che sono gli obiettivi principali della 'ndrangheta: "ad intra", la costituzione e il rafforzamento dei legami tra i membri; "ad extra", il radicamento sul territorio, l'arricchimento, l'esercizio del potere, l'acquisizione e il mantenimento nel tempo di un riconosciuto e ampio prestigio sociale.

Una riflessione priva di questi criteri di interpretazione corre il rischio di consegnare una descrizione del fenomeno certamente di grande effetto narrativo, ma incompleta.

La 'ndrangheta è un'organizzazione ampiamente strutturata ma, dal mio punto di vista, prima ancora che un gruppo sociale costituisce "un'organizzazione della mente", perché risponde in maniera efficace ai bisogni primari dello psichismo umano: il prendersi cura di sé e dell'altro, il bisogno di identità e di appartenenza, stravolgendoli però per i propri fini criminali.

Se dotarsi di un articolato sistema teorico è premessa necessaria e fondamentale per studiare e comprendere qualsiasi fenomeno, assicurarsi la circolarità virtuosa che viene dalle esperienze sul campo giustifica la presenza di due interviste a due distinte coppie che hanno sperimentato l'affido familiare di minori appartenenti a famiglie di 'ndrangheta. È stato ed è (l'affido) uno dei tanti strumenti a disposizione per dare concretezza all'impegno in ambito educativo. Dal racconto di queste due esperienze, emergono aspetti meritevoli di ulteriore riflessione ed approfondimento.

Alla conclusione di questa necessaria premessa, nessuna pretesa che quanto presentato sia esaustivo, ma soltanto l'intenzione di offrire un contributo alla riflessione.

Ieri e oggi: cos'è cambiato?

Quasi niente. In quanto moglie, madre e figlia, la donna è subalterna all'uomo, che continua ad essere il protagonista principale dello spazio extrafamiliare che riguarda non solo l'esercizio della violenza, ma anche la dimensione organizzativa del clan. Essa si occupa prevalentemente, in posizione di assoluta dipendenza, della trasmissione di quell'"humus culturale" che rende possibile la nascita e lo sviluppo dell'organizzazione mafiosa, chiamata 'ndrangheta.

Anzitutto, la donna non possiede un'identità propria, differenziata. È riconosciuta in quanto "donna di…". Oggetto e non soggetto. Cosificata. La si rispetta in quanto appartenente, protetta da un uomo (*«Cu non avi omu, non avi nomu»*, chi non ha uomo non ha nome). Di sua proprietà.

La donna che riceve un'offesa, un affronto, richiama automaticamente la necessità della vendetta, ma se è il maschio che concretamente la esercita, è di fatto la donna, la "vestale" che la richiede, anche nel caso in cui venga ucciso un membro della famiglia. La funzione della donna all'interno dell'istituto della vendetta è proprio quello di esercitarne la pedagogia. Di spingere l'uomo alla vendetta in quanto essa riassume e ricapitola simbolicamente l'unità familiare. La famiglia che va in crisi per la morte di un congiunto viene recuperata e protetta attraverso questa funzione pedagogica della donna di mediazione e invito alla vendetta.

Ci si vendica evocando un simbolismo ben preciso: s'imbraccia un'arma da fuoco, equivalente simbolico del proprio fallo che penetra per uccidere e non per generare nuova vita. In questa alleanza per la morte, quindi, consapevolmente e inconsapevolmente, anche se non appaiono, le donne svolgono un ruolo di fondamentale importanza ed il seguente episodio sottolinea ancora una volta la loro centralità: «Era stato ammazzato uno che aveva un solo figlio di circa due anni; la madre ha conservato la giacca che il padre indossava quando fu ucciso, fin quando ha potuto spiegare al figlio tutta la storia. Quando l'assassino è uscito dal carcere, prima ancora di arrivare a casa, è stato ucciso da questo ragazzo che indossava la giacca del padre e utilizzava il fucile che normalmente si tramanda come eredità di padre in figlio» (Lombardi Satriani – Meligrana, 1983).

Del figlio che si rifiuta di vendicarsi si dice «*non bali e non potì*» (non vale niente e non è capace). Non vi è elaborazione del lutto, ma una permanenza dentro di esso in una condizione di sospensione.

La madre che si prende cura del proprio bambino, o, in sua assenza, un'altra figura femminile, alimenta il ricordo del morto ucciso con un uso della parola e del silenzio che lo imprigiona dentro un eterno presente da cui è possibile apparentemente uscire solo attraverso l'agito dell'omicidio che, invece, di fatto, fa ripiombare tutti dentro il passato, che riattiva potentemente il vortice infernale della vendetta. La 'ndrangheta assume i valori tradizionali (onore, amicizia, fedeltà, ...), li strumentalizza e li stravolge profondamente. L'offesa di sangue deve essere vendicata con altro sangue ed è questo il meccanismo della faida.

Un altro motivo per cui al sangue bisogna rispondere col sangue è legato ad una visione dell'elaborazione del lutto: lo spirito dell'ucciso non aveva pace fino a quando l'uccisore fosse rimasto in vita. «La vendetta da questo punto di vista si iscrive nella ideologia della morte e costituisce il modo maschile di risoluzione della crisi del cordoglio, legato alla morte violenta. Ma è tutta la famiglia a ritrovare una sua identità e la sua pace – correlativa alla "pace" del morto – attraverso la vendetta» (Lombardi Satriani – Meligrana, 1983).

E siccome la faida è un meccanismo che tende a ripetersi, necessita a sua volta di altri "istituti" che ne blocchino l'escalation. Uno di questi è il matrimonio, attraverso cui si tende a «ristabilire una proporzionalità di sangue (sangue verginale e sangue dell'ucciso) e ad integrare in qualche modo il patrimonio maschile della famiglia colpita» (Lombardi Satriani – Meligrana, 1983). Questo ruolo di soggetto attivo della pedagogia della vendetta, di custode della memoria è stato conservato fino ai giorni nostri.

Occorre tener conto di questo intreccio tra dato

antropologico-culturale e ruoli educativi perché all'interno di esso si snodano quelle relazioni che consentono il lungo e articolato processo di costruzione dell'identità individuale sin dai primi anni di vita; in cui il ruolo delle figure genitoriali è fondamentale visto che sono esse che fungono da primi "mediatori" nella relazione con se stessi e gli altri. Sono esse che selezionano consciamente ed inconsciamente gli aspetti del mondo che meglio corrispondono al proprio sistema di valori e alle proprie aspettative.

Meccanismi psichici come l'identificazione, l'imitazione, la proiezione, la scissione, la dissociazione sono tra quelli che stanno alla base della costruzione dell'organizzazione psichica.

Infatti, grazie all'identificazione, in gran parte inconscia, con le persone che si prendono cura di lui, il bambino introietta il loro mondo interno per costruire il proprio. Rispecchiandosi, integra le proprie parti ancora non integrate. Scindendo e proiettando le parti inaccettabili, allevia la propria sofferenza psichica per ricevere quei contenuti elaborati e "depurati" qualora si instauri una circolarità virtuosa.

Nelle prime fasi della crescita, prendersi cura del bambino nella sua complessità psicosomatica equivale ad una sinergia tra parola, silenzio e attenzione al corpo: tenerlo in braccio, guardarlo, accarezzarlo, parlare al bambino sono alcune delle operazioni fondamentali che danno senso e significato a ciò che il bambino stesso sperimenta. Il piacere che passa attraverso la sensorialità gli consente di stabilire un legame con le figure accudenti, acquistare progressivamente fiducia in se stesso e negli altri; sperimenta l'onnipotenza, che lo illude di essere lui a creare il mondo; fa i conti con le frustrazioni derivanti dal fatto che non sempre l'altro comprende le sue richieste e che i tempi di risposta e le stesse risposte non sempre sono immediate e adeguate ai bisogni e ai desideri; affronta, per quanto possibile, le angosce che provengono da un corpo che esprime altri bisogni e che non sempre è fonte di esperienze piacevoli.

Dentro questa complessità relazionale che coinvolge principalmente la madre, si svolge il difficile processo di maturazione. Lungo, faticoso, che conosce regressioni, arresti, ripartenze e che può anche fallire. In ogni caso, il bambino apprende identificandosi e imitando. Attraverso la ripetizione, il pensiero si articola, diventa sempre più complesso. Corpo e mente si integrano a partire inizialmente dal legame fusionale con la figura materna, da cui il bambino si deve progressivamente distanziare, una volta nato. «Fino al momento della nascita il neonato non ha avuto nessuna esperienza del mondo al di fuori del corpo della madre e del proprio» (Frances Tustin, 1992). Questo non significa che non ci sia vita psichica all'interno del grembo materno. «È ormai indiscutibile la realtà dell'unicità biofisiologica con la propria madre del bambino nel grembo materno, e come questi risenta delle condizioni fisiologiche della madre mediate dalle modificazioni più o meno intense del milieu uterino, attraverso cui vengono anche trasmesse le sue inevitabili variazioni emotive e i vari stati dell'umore» (Anna Maria Lanza, 2007).

Ma possiamo spingerci ancora più a ritroso ipotizzando il "bambino immaginato", e cioè l'esito dei desideri, delle fantasie, delle ansie, dei vissuti non solo della madre, ma anche del padre, perché a mio parere esiste uno spazio psichico condiviso nella coppia in cui il bambino esiste prima ancora di essere concepito. Subito dopo la nascita, grazie alla «preoccupazione materna primaria», così come

Winnicott ha definito la condizione di attenzione e cura che la madre ha verso il proprio bambino, si costituisce uno stato intermedio di protezione tra lo stare dentro la pancia della mamma e lo starne fuori, che la stessa Tustin definisce «grembo post-natale», condizione che protegge il bambino da esperienze che superano oltremisura ciò che il suo apparato neuromentale è in grado di sopportare.

Madre e bambino costituiscono nella percezione del neonato un'entità indistinta, un tutt'uno, condizione che consente al neonato di far fronte alle frustrazioni. Man mano che il bambino cresce, comincia a percepire la madre come altro da Sé, separata e distinta dal proprio corpo: una madre che a volte non è in grado di soddisfarlo fino in fondo e tempestivamente. Nel momento in cui è capace di tollerare questo vissuto, il bambino inizia ad apprezzare la «madre sufficientemente buona» (Winnicott), la madre reale, differenziata da sé. Allora è possibile rappresentarsela, cioè averla presente dentro di sé quando essa è fisicamente assente e il bambino a questo punto è pronto a nascere come entità psicologica con un senso della propria identità personale. Quindi «all'inizio di ogni vita, c'è un patrimonio potenziale che si riceve dai genitori nelle relazioni primarie, fatto di identificazioni profonde, di eredità coscienti ed inconsce, di capacità innate o acquisite che possono decollare o restare congelate, di vincoli e possibilità offerti o imposti dall'ambiente. Un patrimonio che può costituire un capitale per futuri investimenti fruttuosi o che si può rivelare un fardello ingombrante e paralizzante, se non addirittura una rovinosa coercizione» (Maria Luisa Algini, 2006).

Perché «La vita di un essere umano è sì una vita biologica, è sì una vita mentale, è sì una vita di affetti, di pulsioni, di coscienza e inconscio, ma è vita appunto se tutti questi elementi si integrano in un funzionamento complesso, armonico e sintonizzato, che costituisce l'essenza stessa della personalità umana, vista come mirabile armonia di elementi interagenti funzionanti all'unisono» (Anna Maria Lanza, 2007).

Il bambino pian piano interiorizza il mondo dei genitori e questo non è uno dei possibili mondi, ma è *il* mondo, l'unico esistente, ed è quello che rimane più a lungo saldamente radicato all'interno di se stesso, fino alla fine dell'età di latenza preceduta e preparata dalle vicissitudini di ciò che viene definita situazione edipica (intorno ai 3/4 anni) in cui il bambino desidera potentemente il genitore dell'altro sesso e prova piacere nell'entrare in competizione con il genitore dello stesso sesso, sfidarlo, attaccarlo, esprimere con impetuosità la propria aggressività.

Se l'esito è positivo, il bambino fa il suo ingresso nella condizione di latenza in cui impegna le proprie energie psichiche prevalentemente nella costruzione dei legami sociali con i coetanei, e nei processi di apprendimento, in cui oscilla tra due desideri contrapposti: eliminare il legame con i genitori e restare uniti a loro.

Questa fase della crescita ha la funzione di prepararlo alle tensioni e ai conflitti tipici della pubertà e dell'adolescenza durante le quali viene precipitato in una condizione di impetuosa e radicale trasformazione. Cambia il corpo e con esso la psiche. La spinta pulsionale diventa potente. È severamente impegnato ad elaborare il lutto per la perdita della propria condizione infantile; a rinunciare all'onnipotenza, a trovare nuovi criteri di lettura del proprio mondo interno ed esterno, a sperimentare nuove opportunità di crescita. Ciò che i genitori rappresentavano fino a poco tempo prima viene fortemente messo in discussione, attaccato per essere distrutto. Essi non costituiscono più gli unici riferimenti significativi e indiscussi.

È un passaggio necessario che richiede adulti consapevoli del proprio ruolo, in grado di consistere e resistere alle "bordate" che li raggiungono, capaci di fare i conti con le proprie e le altrui angosce, che vacillano, senza soccombere. «La caratteristica dell'adolescenza è quella di una mente che nell'apprendere il suo potere di funzionamento si riconosce nel suo presente, si appropria del suo passato e contemporaneamente della possibilità di programmare il proprio futuro» (Pia De Silvestris, 2006).

Quando la tempesta sarà passata, nel migliore dei casi, abbiamo un adulto che ha integrato dentro di sé l'amore e l'odio, che riconosce come tratto distintivo di una sana personalità la coesistenza di questi due potenti affetti, che ha acquisito il senso della propria continuità personale, è sicuro della propria identità che farà da trait-d'union tra il bambino che è stato e ciò che sta per diventare.

All'interno della mentalità 'ndranghetista tutto questo viene fortemente ostacolato, consapevolmente ed inconsapevolmente! La famiglia viene considerata il bene primario, il totem, la cui unità e integrità va salvaguardata a tutti i costi. Costi quel che costi. Essa non è il "luogo psichico" in cui l'individuo viene aiutato a sviluppare in maniera armonica le proprie capacità e competenze, ma lo spazio dove si impara, con un durissimo apprendistato, a sacrificare se stessi per il bene del clan, unità organizzativa derivata dal legame di più famiglie.

E chi prova ad uscire da questa impostazione va incontro non solo a svalutazione e disprezzo, ma perfino alla morte. Il clan costituisce quell'istanza superiore a cui tutto va sacrificato: il "padre ideale". Attraverso l'azione educativa della madre, supportata da altre figure parentali ausiliarie (nonni, zii, fratelli maggiori), questa immagine paterna viene mitizzata e assunta a modello incontestabile. Contrastare e contestare il padre è andare contro se stessi, contro quello che un domani si potrà e si dovrà essere. Non è consentito nessun superamento, nessuno svincolo, nessuna "uccisione simbolica".

La rielaborazione del complesso di Edipo, tipica della fase adolescenziale, non può e non deve avvenire. Il simbolico viene imprigionato dentro una ritualità collaudata che coarta e non permette l'accesso ad una condizione affettiva caratterizzata dall'ambivalenza, segno di maturità. È l'odio per l'altro visto come nemico che deve prevalere accanto all'amore incondizionato per il clan.

La 'ndrangheta quindi cristallizza la crescita, non consente al passato di diventare tale, ferma tutto in un eterno presente attraverso l'uso più o meno consapevole dei meccanismi di dissociazione e di scissione che consentono la "costruzione" di una personalità criminale in cui la componente sadica occupa quasi per intero lo spazio della sfera emotivo-affettiva. E grazie anche alla massiccia proiezione delle proprie parti inaccettabili sull'altro, è possibile costituirlo come bersaglio del proprio odio conscio ed inconscio. L'"oggetto" odiato va assolutamente annientato, sia perché potenzialmente pericoloso per la propria incolumità fisica, sia perché funge da specchio riflettente di angosce di morte insopportabili.

Il membro del clan deve dimostrare, ogniqualvolta gli venga richiesto, il coraggio di compiere anche il più efferato dei delitti. L'indifferenza con cui si accetta anche il rischio di morire, la partecipazione ai riti di iniziazione, il giuramento pronunciato al momento dell'ingresso nell'"onorata società", sottolineano la centralità del "coraggio":«Io giuro dinanzi a questa onorata società di essere fedele con i miei compagni e di rinnegare padre, madre, sorelle e fratelli e di adempiere tutti i miei doveri e se necessario anche con il sangue» (L. Malafarina, 1986).

Chi ha coraggio dimostra di essere "uomo di rispetto" che non deve essere minimamente offeso. Qualora questo accada, lo si considera un fatto gravissimo perché mettendo in discussione l'invulnerabilità assoluta, viene intaccato il prestigio su cui poggia il ruolo svolto sul territorio. Lo sgarbo anche di poco conto deve essere punito in modo esemplare affinché tutti sappiano che non è possibile trasgredire impunemente. Per essere esemplare la vendetta deve avere la più ampia pubblicità: «Consumata in segreto perderebbe il suo carattere di avvertimento erga omnes... L'atto di terrore acquista significato, non come punizione o vendetta individuale, ma come dimostrazione simbolica di una capacità» (Lombardi Satriani – Meligrana, 1983).

Se quanto appena descritto è lo sfondo in cui tutto avviene, è la donna la figura che contribuisce in maniera determinante alla costruzione della personalità criminale; tuttavia bisogna fare attenzione a non ripetere l'errore di collocarla solo in un ruolo esclusivamente educativo, intrafamiliare, quasi esterno al clan.

Non è mai stato così!

Occorre infatti distinguere due ruoli: quello attivo e quello passivo. Nel primo caso, essa svolge un ruolo di assoluta importanza, soprattutto quando il capo clan è detenuto. È lei che mantiene i rapporti con chi sta fuori ricevendo ordini di comportamento per sé e per gli affiliati al clan. In quanto "donna di... ", le si deve assoluto rispetto, con evidenti funzioni decisionali di tipo operativo, anche se mai in assoluta autonomia ed indipendenza. Nel secondo caso, anche se non approva le decisioni della famiglia non le è consentito manifestare un dissenso reale, neanche quando è in gioco la vita dei figli. Infatti madri – già vedove – che vedono con chiarezza che la violenza le priverà dei propri figli e che definiscono la loro vita "impossibile", per non perdere il sostegno, non solo di natura economica, sacrificano finanche il proprio "senso di maternità" alla logica totalizzante del clan.

Tra fato e destino

Tutto questo è incomprensibile se non si tiene conto di un ulteriore importante elemento: il fatalismo con cui queste donne accettano il proprio mondo come l'unico possibile. Ne accettano l'appartenenza come qualcosa di deciso da una volontà superiore, una sorta di SuperIo sadico e crudele e se ne fanno una ragione anche quando il coniuge usa loro violenza (compresa quella sessuale). Sono frequenti, tra l'altro, i rapporti incestuosi, che rarissimamente vengono denunciati. Anche la morte violenta dei congiunti viene vissuta come qualcosa di ineluttabile; espressa significativamente dalla frase: «*Fu destinu meu*».

La donna sopporta pazientemente ogni tipo di angheria, in questo sostenuta dalla famiglia, che la invita a comprendere il maschio con lo scopo di evitare la separazione ed il divorzio visti ancora oggi come non solo disonoranti per la famiglia, ma come fattori disgreganti.

Ma c'è un altro ambito in cui la donna per mandato del clan, mai per sua libera scelta, diventa l'elemento di prova della reale forza dello stesso. È l'ambito delle attività di "assistenza". Di quell'efficace "sistema di welfare" che fa della 'ndrangheta un'efficace "organizzazione di mutuo soccorso". Prendersi cura di chi ha bisogno di aiuto è l'altro fattore determinante nel mantenimento dell'identità accudente del clan che non abbandona chi è in difficoltà e che riattualizza quel prendersi cura materno che qualsiasi bambino ha più o meno intensamente ricevuto e vissuto a partire dalla propria nascita. Fornendo "sussidi" economici, attenzione a chi ne ha bisogno oltre a svolgere una determinante funzione di controllo del territorio (elemento maschile), la 'ndrangheta imprigiona chi riceve aiuto dentro una dipendenza coattiva, priva di sbocchi, intensificando il senso di colpa di chi anche solo osasse pensare di tradire.

Verrebbe spontaneo chiedersi come sia stato possibile collocare la donna in una condizione così subalterna e una delle risposte la si può avere guardando al recente passato di una terra – la Calabria e non solo – in cui coesistono tradizione e modernità: «Infatti oggi è possibile individuare in Calabria, come in altre zone del Sud, aspetti tipici dell'arretratezza e del sottosviluppo accanto a fenomeni consumistici e valori della realtà post-industriale; questo è dovuto alla schizofrenia dello sviluppo meridionale dove il nuovo a volte non solo sussume, ma anche rivitalizza il vecchio» (Fantozzi, 1983).

Ciò vale anche per tutto quello che definiamo cultura, mentalità, comportamenti socialmente convalidati. Il retroterra è costituito da una società tradizionale in cui è l'uomo che gestisce i rapporti con l'esterno. La donna viene considerata in modo molto ambivalente, a volte idealizzata a volte addirittura disprezzata. In certi casi il disprezzo era così grande che ad esempio la nascita di una bambina veniva considerata una disgrazia e si desiderava che morisse. In alcuni racconti e canti viene paragonata ad una «barca sconquassata», ad un «limone marcio» o all'«uva amara». In altri viene idealizzata come *«bella cchiu di lu suli»* (bella più del sole).

La sua realizzazione si gioca esclusivamente

all'interno della casa. Le è vietato lo spazio extra-familiare in cui esprimere la propria soggettività, «luogo di realizzazione che la possa innalzare al di sopra dei tradizionali luoghi pubblici come la piazza ed il bar, da sempre luoghi strettamente maschili. C'è un altro luogo tradizionalmente pubblico, la Chiesa, che invece valorizza positivamente la presenza delle donne: andare a messa, incontrare persone, preparare feste e iniziative di carità» (Renate Siebert, 1991).

La 'ndrangheta tutto questo l'ha fatto proprio e quindi è verosimile che la trasmissione dei valori mafiosi sia affidata alla donna.

Un lento ma incoraggiante cambiamento

Tuttavia oggi la situazione sta faticosamente cambiando, grazie al lungimirante e costante lavoro sinergico di alcuni livelli istituzionali (Tribunali per i Minori, Servizi sociali dei Comuni) e di soggetti dell'associazionismo, del privato sociale, del volontariato che da più di vent'anni operano con determinazione nel contrasto alla 'ndrangheta. A volte pagando prezzi altissimi. Azioni che hanno sostenuto le scelte coraggiose da parte di donne che, sfidando il clan stesso, mettono in discussione la sua supremazia.

Cominciano a leggere come devianti i comportamenti criminali, a differenza del passato in cui nessuno dei congiunti o degli affiliati veniva mai riconosciuto come 'ndranghetista; anzi veniva considerato perseguitato dalla giustizia. Paradossalmente i veri devianti erano coloro che non accettavano, utilizzavano e diffondevano il sistema di valori e comportamenti propri della 'ndrangheta (vendicarsi se offesi; imporre il proprio dominio sugli altri con la violenza; uccidere senza alcuno scrupolo).

L'intreccio tra cronaca, storia e impegno civile

C'è inoltre un dato storico che non va dimenticato e che mette ancor più in risalto l'importanza del "lavoro sociale". In provincia di Reggio Calabria, tanto per fare un esempio, tra gli anni '80 e gli anni '90 lo scontro tra le 'ndrine ha causato la morte di più di 1000 persone in molti casi sposate e con figli; conseguentemente ci sono stati circa un migliaio di orfani di 'ndrangheta e tra di essi, molti, educati secondo la "logica" della mentalità mafiosa. Sono persone che hanno ricevuto un fortissimo messaggio di violenza, costantemente rinforzato in ambito familiare. Oggi quei ragazzi sono diventati uomini e c'è da chiedersi che tipo di uomini.

Allora, per arginare per tempo processi e dinamiche educative che si ripetono, va senza dubbio perseguita, in alcuni casi, anche la strada imboccata da qualche tempo, della sospensione della responsabilità genitoriale e l'affidamento dei minori ad altri "soggetti educativi". È lecito, infatti, chiedersi se siano capaci di educazione civica, secondo i principi della Costituzione, soggetti condannati per gravissimi reati. 'Ndranghetisti non si nasce, si diventa!

E le vedove di 'ndrangheta? Bisogna lasciare che sia il clan ad occuparsi di loro? Quindi, sostenere chi decide di uscire dalla logica di morte del clan, donna o uomo che sia, significa innanzitutto agire per costruire un "senso ampio di comunità" che faccia da supporto alla costruzione di una "identità aperta", alternativa alle identità chiuse tipiche della "famiglia"; alla diffusione di un concetto di solidarietà che travalichi i legami di parentela ed amicizia, di una visione della famiglia come luogo della piena realizzazione di sé e non di moltiplicatore di odio; che contrasti l'individualismo, il carrierismo, il successo ad ogni costo, l'esercizio del potere fine a se stesso che sono funzionali alla cultura 'ndranghetista.

Le esperienze sul campo

G iunti a questo punto della nostra elaborazione presentiamo, come annunciato nell'introduzione, l'esperienza vissuta da due famiglie affidatarie che hanno ospitato minori provenienti da famiglie di 'ndrangheta. Il loro racconto offre uno spaccato importante di cosa sia lavorare in ambito educativo, quali difficoltà comporta e cosa si può fare.

Marco e Graziella sono sposati con due figli e da molto tempo impegnati in attività di volontariato.

La vostra è un'esperienza pionieristica e di indiscusso valore. Come e quando avete cominciato?

Marco e Graziella: Abbiamo sempre lavorato con ragazzi "difficili" prima ancora di sposarci; impegno che abbiamo mantenuto anche dopo. Uno di questi è stato un bambino di quasi 9 anni apparte-nente ad una famiglia vittima di una sanguinosa faida.

Francesco è stato con noi complessivamente per quattro anni. Il rapporto con i suoi familiari è sempre stato buono, anche perché noi non abbia-mo mai voluto interferire e ci siamo accostati con molto rispetto alla loro situazione. Il ragazzo si è inserito abbastanza bene, sia presso di noi che a scuola. Non abbiamo mai cercato di assumere un "atteggiamento giudicante", né di inculcargli alcun-ché, ma abbiamo cercato di dargli una certa sereni-tà ambientale, aiutarlo a studiare, fargli stringere nuove amicizie. L'aspetto più drammatico della sua situazione familiare era che tutti gli uomini della famiglia fossero in carcere.

Anche la madre, purtroppo, dopo qualche anno è finita in carcere. Una donna dalla fortissima per-sonalità, che all'interno della sua famiglia esercitava un controllo stringente sulle altre donne. Alcune di esse, rimaste vedove, hanno cercato di staccarsi dal clan, ma lei come altre dalla spiccata personalità, hanno fatto di tutto per evitarlo, impedendo loro di rifarsi una vita sia eventualmente risposandosi che allontanandosi.

Potersi svincolare da quell'ambiente per tutelare i figli: era questo l'obiettivo di alcune donne della famiglia. Invece questa volontà è stata soppressa da altre donne. Ad esempio, la madre di Francesco ha avuto un ruolo importante in tutte le decisioni. Una donna terribile, una donna che già solo con lo sguardo incuteva paura; una donna "dura", più dura del marito, come abbiamo avuto modo di constatare. Anche se con noi ha sempre avuto un rapporto, diciamo, un po' distaccato.

Tutto sommato lei ci era grata di aver accolto Francesco, anche se ci trattava con indifferenza. Noi abbiamo fatto anche l'esperienza del gruppo appartamento dove vengono accolti ragazzi inviati dal Tribunale per i minori. C'erano dinamiche diverse. I ragazzi si rifiutavano di starci, scappavano in continuazione. Erano abituati a stare per strada, a fare i prepotenti. Dentro una famiglia è diverso. Con noi Francesco era molto sereno.

Ricordiamo un episodio: nostro figlio più grande a quel tempo aveva 5 anni e poneva una serie di domande: «Francesco, perché stai qua? Perché non stai a casa tua?». E Francesco rispondeva in modo aggressivo: «Cosa ti interessa, sono fatti miei». Soffriva del fatto che i genitori fossero in carcere. Se ne vergognava. Al tempo del processo tutti i giornali ne parlavano ed il bambino diceva: «Sai, Graziella, a scuola i compagni mi hanno chiesto se sono parenti miei ed io ho risposto che non li conosco». Noi cercavamo di rassicurarlo.

Un giorno, mentre eravamo in cucina, mi disse. «Graziella, mia mamma esce dal carcere, perciò me ne vado. Sto aspettando la telefonata di mia sorella». Mio figlio immediatamente gli disse: «Come tua mamma esce? Dov'è tua mamma?». E lui poverino è sbiancato in volto. Allora io ho cercato di salvare il salvabile: «La mamma di Francesco lavora in una fabbrica del Nord, le hanno dato un permesso e quindi ora può stare con lui»: Francesco tirò un grande respiro di sollievo.

Questa esperienza ci ha arricchiti moltissimo: non è stata facile, ma Francesco quando è entrato nella nostra famiglia era in un certo modo, quando è andato via era cambiato. Non gli abbiamo imposto niente, non gli abbiamo distrutto le sue relazioni significative, gli abbiamo solo "fatto vedere" come vivevamo noi, quali erano i nostri valori di riferimento.

Qualche volta "rubacchiava" e tante volte ci siamo arrabbiati perché spesso in casa mancava qualcosa. A tal proposito una volta si è verificato un brutto episodio: nostro figlio aveva smarrito dei soldi e abbiamo pensato, istintivamente, che li avesse presi Francesco. Allora gli ho detto: «Dimmi che li hai presi tu, non ti farò niente, ma me lo devi dire». Francesco si è arrabbiato moltissimo, è uscito di casa e io a rincorrerlo dicendogli: «Perché non dici niente?». Mi guardava in silenzio. Quando abbiamo scoperto che i soldi erano finiti dentro un giocattolo mi sono arrabbiata con me stessa e con lui:

«Perché non ti sei difeso, visto che ti ho accusato ingiustamente?». Questo per dire che tipo di dinamiche scattano.

Un altro episodio dimostra come sia possibile cambiare. Infatti, un giorno, tornando da scuola, tutto contento mi ha detto: «Graziella, ho trovato un borsellino a terra e l'ho consegnato al bidello». Io penso che a casa sua una cosa simile non l'avrebbe mai fatta: si sarebbe intascato i soldi.

Piano piano con il tempo stava acquistando una certa serenità. Spesso venivano a trovarlo la sorella e la zia. I nostri rapporti con loro erano molto cordiali, al punto che siamo stati al matrimonio della sorella. All'inizio non volevamo andarci, anche perchè avevamo paura.

Marco: Infatti, qualche settimana dopo ne hanno uccisi cinque nella piazza del paese.

Graziella: Dopo un mese è ricominciata la faida. Alla fine abbiamo deciso di andarci soprattutto per il bambino. È stata una scelta travagliata e difficile, ma volevamo dimostrare un minimo, come dire, di gentilezza. E poi la sorella che veniva a trovarlo, occupandosi di lui assieme ad una zia, con la quale aveva un buon rapporto, ci teneva tanto alla nostra presenza.

Secondo voi qual era il ruolo di questa zia all'interno della famiglia?

Graziella: Questa zia era una donna "tranquilla", non aveva affatto peso all'interno della famiglia. Io ho conosciuto due delle sue zie. Entrambe erano molto tranquille. Erano rimaste vedove. Soffrivano per questa situazione, per i lutti che non finivano mai. Penso che fossero molto stanche. La madre invece no, era una donna vendicativa. Una donna che teneva duro. E l'abbiamo constatato durante il matrimonio della figlia. Teneva in pugno tutta la famiglia, proprio tutta: non solo i suoi figli, ma anche i figli delle cognate, le cognate stesse.

I familiari di Francesco erano molto rispettosi, non erano invadenti. Prima di venire telefonavano, e si fermavano per il tempo necessario. Non ci hanno mai creato particolari problemi da questo punto di vista.

Marco: In ogni caso sei tu ad assumerti la responsabilità di decidere quello che è giusto e quello che non è giusto. Ed è abbastanza delicato, perché ai genitori la responsabilità genitoriale non viene tolta nonostante tutti questi fatti, nonostante l'altissima probabilità che crescendo questi ragazzi vengano uccisi.

Dicevate della differenza tra la vostra famiglia e quella del ragazzo. Su quali aspetti la avvertivate?

Graziella: Intanto c'è un aspetto culturale. Ricordo ad esempio che una volta Francesco mi disse che la sorella, per prendere la patente di guida, aveva scritto al padre per chiedergli il permesso, altrimenti non avrebbe potuto farlo.

Così come il matrimonio era stato organizzato dalle rispettive famiglie: la ragazza non ha avuto alcuna voce in capitolo, ha dovuto sottostare in tutto e per tutto alle decisioni del padre e della madre.

Anche riguardo alla persona con cui sposarsi?

Graziella: Sì, sì, come no. Lei era innamorata di un altro ragazzo e l'ha dovuto lasciare perché non piaceva a suo padre. Si è dovuta sposare con un uomo che dopo un anno è stato barbaramente ucciso. Gli hanno sparato in faccia.

Marco: Quest'uomo era figlio di una persona che era stata in carcere assieme al padre. Hanno combinato tutto in carcere. Il matrimonio infatti è lo strumento per stringere amicizie e conseguentemente solide alleanze.

Graziella: Cercavano, con il matrimonio – perché questa è poi la mentalità – di consolidare il potere sul territorio. Francesco era molto piccolo e ha vissuto di "riflesso", ma i ragazzi oltre i 10 anni avevano già atteggiamenti "mafioseggianti" e venivano usati per le estorsioni.

Sulla base di questa vostra esperienza ritenete che l'affido sia utile per ragazzi come Francesco?

Graziella: Secondo me, sì. Durante la permanenza di Francesco presso la nostra famiglia, ciò che mi faceva andare avanti e sperare era la possibilità per il ragazzo di confrontarsi con due diversi modelli: quello della sua famiglia di origine e il modello di una famiglia con dinamiche diverse come la nostra, dove ha vissuto per alcuni anni. Aveva circa 13 anni quando è andato via e secondo noi alcune esperienze lo hanno fatto pensare.

Noi facciamo parte di un'associazione impegnata da anni nel contrasto al disagio giovanile. Lui partecipava con noi alle esperienze estive, aperte ai ragazzi con disabilità, quindi era testimone della solidarietà che noi mettevamo in atto non solo verso lui e la sua famiglia. Credo che a Francesco di tutto questo qualcosa gli resterà dentro. Se fosse rimasto in istituto non avrebbe fatto esperienza di un altro modo di vivere in famiglia.

Non ci siamo mai posti come i "salvatori" di Francesco. Mai. Era assurdo pretenderlo. Come avremmo potuto "distruggere" dei genitori che, pur avendo una mentalità mafiosa, per Francesco da un punto di vista affettivo erano dei buoni genitori? Era una situazione delicata. L'avremmo solo messo in difficoltà, non si sarebbe sentito accolto e voluto bene. Giudicando la sua famiglia, automaticamente avresti giudicato lui.

Nell'affidamento tu devi accettare il ragazzo con la sua famiglia, bella o brutta che sia. Infatti oggi, a distanza di tempo, ogni tanto si fa sentire al telefono. È rimasto legato a noi. Oggi lavora.

Marco: Questo è un aspetto importante. Occorre offrire alle famiglie, ai figli opportunità diverse... Siamo a conoscenza di famiglie in condizioni molto disagiate che non possono essere abbandonate alla "solidarietà" efficace del clan. Fino a quando le istituzioni non comprenderanno questo, la lotta alla 'ndrangheta sarà una fatica di Sisifo.

Massimo e Gianna hanno anch'essi avuto in affidamento bambini che provenivano da famiglie di 'ndrangheta. Sposati con quattro figli, attivi da diversi anni nel volontariato, ci raccontano la loro esperienza.

Da dove cominciamo?

Gianna: Guerra di 'ndrangheta. Bambini vittime di violenza psicologica. Si pensa di trasferirli altrove, visto che il tiro era stato "abbassato" ed anch'essi correvano il rischio di essere ammazzati. Sfatiamo un luogo comune: che la 'ndrangheta, a suo modo, ha sempre rispettato donne e bambini. È un falso storico.

Salvatore aveva 5 anni quando è stato dato in affidamento per la prima volta, perché la madre era stata arrestata per un grave reato.

Quando la madre era incinta di lui, il padre venne ucciso e lei ferita. Subito dopo questo omicidio anche due cuginetti del bambino vennero uccisi. In seguito a questi eventi avevamo pensato come famiglie affidatarie di fare tutto il possibile per allontanare dalle famiglie d'origine i bambini "a rischio" trasferendoli in alcune località dell'Italia del Nord.

Alcuni ragazzi sono stati trasferiti in gruppi appartamento, altri dati in affidamento a delle famiglie, qualcuno anche a dei sacerdoti. I minori trasferiti al Nord, allo scadere dell'anno di affidamento, sono tutti rientrati nelle famiglie d'origine perché i familiari andavano a trovarli spesso e le famiglie affidatarie mal sopportavano questa pressione psicologica.

Conoscendo questi precedenti, quando abbiamo accettato Salvatore in affidamento, abbiamo posto la condizione che ai parenti non fosse consentito di venire a casa nostra per incontrarlo, ma lo facessero in un luogo terzo, il gruppo appartamento, dove già era stato accolto un fratello più grande.

Salvatore era un bel bambino con seri disturbi psicologici. Dormiva con la faccia rivolta al muro; di notte spesso si svegliava in preda agli incubi temendo che i suoi nemici lo venissero a cercare per ucciderlo. Ricordo che facevamo molta fatica a tranquillizzarlo.

Massimo: Ci chiedeva di togliere la chiave dalla toppa e di tenere le tapparelle abbassate anche di giorno. Quando tornava a casa la madre lo avvolgeva dentro una coperta e lo chiudeva dentro il bagagliaio della macchina. Arrivato a casa non usciva mai. Ogniqualvolta tornava da casa, in cui vi restava per i fine settimana, vomitava. Qualsiasi cosa mangiasse, la rigettava.

Secondo me, Salvatore viveva dentro una grande dissociazione: il nostro ambiente familiare era sufficientemente sereno, mentre a casa sua l'atmosfera era cupa, pesante. Le tapparelle di casa erano perennemente abbassate, le donne della famiglia vestivano di nero. Non aveva più il padre. Gli zii, quelli sopravvissuti, erano in carcere. La nonna era colei che gli faceva vedere le foto dei parenti uccisi, gli raccontava come erano stati ammazzati e quando, da dietro la finestra, vedeva passare i nemici della famiglia, glieli indicava. Chiaramente viveva uno stress psicologico dovuto ai differenti atteggiamenti da assumere in ambienti così profondamente diversi. Ad esempio, noi lo incoraggiavamo ad andare a scuola a piedi rassicurandolo che non correva alcun pericolo. Era stato iscritto sotto falso nome e di questo erano a conoscenza solo il dirigente scolastico e le maestre, che lo chiamavano solo per nome.

Gianna: Dopo questa esperienza sono fermamente convinta di una cosa: si devono togliere questi bambini alle loro mamme perchè soffrono tantissimo. Salvatore è rimasto con noi tre anni. Venivano a trovarlo la mamma, una zia e due cugine. Sempre insieme. E sempre insieme obbedivano a tutto ciò che diceva la nonna, la "matriarca", dato che in casa non c'erano più uomini o perché morti o perché detenuti.

Massimo: Le donne andavano nelle carceri per ricevere ordini, messaggi da trasmettere, disposizioni. Nello stesso tempo portavano con sé anche i bambini perche venisse impartito loro il giusto "indottrinamento" e l'effetto che questi uomini avevano su di essi era "magnetico". Salvatore veniva istigato alla vendetta soprattutto dalla nonna, la mamma del padre, che teneva viva la memoria dei defunti raccontando in continuazione della loro morte.

Abbiamo trovato anche donne con ruoli "attivi"; cioè donne che avevano partecipato a sequestri di persona, che giravano armate di pistola; altre donne, come la mamma di Salvatore, invece, avevano un ruolo passivo: erano contrarie alla faida, però non riuscivano ad esprimere alcun dissenso reale. Obbedivano in tutto e per tutto al clan.

Quando il clan decide tutti sono costretti ad obbedire, anche laddove le condizioni economiche potrebbero permettere di staccarsi come nel caso della madre di Salvatore. Completamente succube. Bisogna tener conto che si tratta di persone figlie di una cultura della rassegnazione, di una concezione del destino come qualcosa a cui non ci si può ribellare. «Era scritto così», «doveva andare così», «noi siamo in guerra quindi non è possibile tirarsene fuori», sono le frasi che spesso ho sentito pronunciare parlando con queste persone; lo stesso accade quando, per il mio lavoro, incontro mogli o madri di carcerati. Per loro è sempre stato così e non si può cambiare.

Gianna: Questo è vero, ma entra in gioco anche il senso di appartenenza, l'orgoglio di far parte di una famiglia potente e rispettata. Anche in ragazze poco meno che ventenni, che hanno studiato e che hanno visto altri modi di vivere. Io dicevo loro: «Ora che siete rimaste solo donne e bambini piccoli, perché non provate a cambiare vita mettendo fine a questa faida?». Alcune mi hanno risposto: «I nostri nemici hanno ancora paura di noi perché le donne della nostra famiglia sono tutte belle e trovano marito, mentre loro sono tutti maschi e nessuno se li sposa». Erano piene di sé, intrise di un narcisismo esasperante, orgogliose del nome che portavano. Conosciamo il caso di una famiglia in cui tutti i figli maschi erano stati uccisi tranne uno che si era rifiutato di vendicare i suoi morti. La madre, dopo questa decisione, diceva in giro: *«Non aiu figghi masculi, sulu fimmini»*.

Questo episodio conferma che sono le donne che educano alla "mafiosità". Il padre non si occupa dell'educazione dei figli fino ai 12-13 anni, età in cui i ragazzi cominciano ad essere iniziati alle attività del clan. Io faccio l'insegnante e mi accorgevo se nella notte c'era stata qualche retata delle forze dell'ordine quando l'indomani mattina i miei alunni maschi non venivano a scuola.

Massimo: È importante sottolineare e comprendere che le donne non trasmettono ai figli la cultura mafiosa come se fosse qualcosa a loro estranea o negativa. Sono convinte di fare la cosa giusta. Ecco dove sta la difficoltà di un lavoro educativo alternativo, perché soprattutto le madri richiamano in continuazione i loro figli al "senso del dovere" verso la famiglia. C'è un intreccio profondo tra il senso vero della solidarietà e la "solidarietà mafiosa", tra l'aiuto legittimo, economico o di altro tipo, e l'aiuto nel fare da guardia del corpo, uccidere. I ragazzi poi vengono scelti e valorizzati anche in base alle loro capacità. Ad esempio, alcuni non sono ritenuti in grado di uccidere e vengono impiegati in compiti meno "impegnativi".

Gianna: Quando io dico che il "modello mafioso" viene assimilato con il latte materno, voglio sottolineare il ruolo fondamentale della donna. So di dire una cosa forte, ma se i bambini vengono sottratti alle famiglie quando sono piccoli è ancora possibile che non subiscano certi pesanti condizionamenti. Una volta cresciuti, purtroppo, in molti casi non si può fare nulla.

Non riuscirò mai a capire perché queste donne davanti al fatto che i figli vadano incontro a sicura morte, continuino su questa strada.

Massimo: Quando una donna rimane vedova di un uomo ucciso, il clan si fa carico di lei ed enfatizzando quest'aspetto e intensificando il senso di colpa la imprigiona: «Ti hanno ammazzato il marito e te ne vai per i fatti tuoi? Che vedova sei? Così onori la sua memoria? Così la difendi?». E ancora: «Eri sola, ti abbiamo aiutato ed ora te ne vai e ci lasci?». Queste parole esprimono bene il vincolo attuato su queste donne e tale logica si tramanda ai figli: «Tuo padre è stato ucciso e noi abbiamo aiutato tua madre». Se sei "capitato" in una famiglia che è in lotta con un'altra tu non puoi fare altro che occupare il tuo ruolo. Non hai possibilità di trasgredire.

Con Salvatore com'è andata a finire?

Gianna: Ha vissuto con noi per un anno mentre la mamma era in carcere. La signora è stata condannata in primo grado a poco meno di vent'anni di reclusione e subito dopo ha ottenuto gli arresti domiciliari e le hanno riaffidato il bambino. Io non ho condiviso questa decisione. In seguito, alla ripresa della faida, è stato trasferito, insieme ai suoi fratelli, in una località segreta.

Massimo: Questa esperienza che abbiamo raccontato è uno dei molteplici casi di una realtà molto complessa e che presenta mille sfaccettature. Quando c'è uno scontro in atto tra clan è difficilissimo intervenire. Occorre saper distinguere. In generale è di fondamentale importanza agire a livello educativo nei primissimi anni di vita del bambino, con un'azione concertata tra le diverse agenzie educative esistenti sul territorio: scuola, associazionismo, chiese; a livello preventivo, coinvolgendo persone autorevoli che abbiano un consenso forte presso questa gente. L'intervento organizzato e permanente dà perlomeno la possibilità ai ragazzi di confrontarsi con modelli di vita diversi da quelli delle famiglie di appartenenza.

Una condizione tuttavia è necessaria, come sottolineava Gianna: l'allontanamento in certi casi dei bambini dal proprio ambiente, altrimenti è impossibile operare con efficacia. Nel contempo occorre proporre "valori forti": il rispetto per la vita, la solidarietà, la partecipazione, l'impegno a favore degli altri. La cultura mafiosa è una "calamita" e allora bisogna costruire altre "calamite" che attraggono. Questo è molto difficile, ma non impossibile.

Considerazioni finali

A partire dall'analisi effettuata, dalle interviste riportate e da quello che la cronaca suggerisce ci troviamo davanti ad un modello organizzativo di grande ed efficace sintesi tra dimensione locale e dimensione internazionale; fedeltà al "vecchio" e adattamento al "nuovo".

Quello che all'inizio era un fenomeno nato e sviluppato in un ambito geografico ristretto ha anticipato, nei fatti e nelle prospettive mentali, la globalizzazione. Avvalendosi ormai della collaborazione sistematica di alcune figure professionali specializzate, alleata strategicamente con settori importanti delle Istituzioni e della massoneria, la 'ndrangheta è diventata da tempo una delle organizzazioni criminali più potenti a livello internazionale.

La sua efficacia è data da questa straordinaria

capacità di integrazione di fattori culturali, sociali ed organizzativi. Alla base della solidità della 'ndrangheta c'è stata e c'è ancora una raffinata operazione di strumentalizzazione dei valori più genuini della cultura mediterranea: l'accoglienza, l'amicizia, il rispetto, la solidarietà.

La 'ndrangheta si è sempre avvantaggiata di quell'atteggiamento di supponenza da parte di molti che hanno etichettato gli appartenenti a questa organizzazione criminale come ignoranti e privi di cultura, considerando quest'ultima «sinonimo di dottrina, di superiorità di alcuni uomini sugli altri meno colti ed incolti e perciò considerati barbari e primitivi» (Pretto, 1998); confondendo la parziale scolarizzazione di alcuni con l'assenza di cultura, che invece va intesa come «un complesso che include tutte le manifestazioni dell'uomo in quanto membro di un gruppo sociale, tutti i modi di comportamento quanto i prodotti della sua attività» (Rossi, 1983).

I fatti purtroppo hanno dimostrato il madornale errore compiuto. La cultura del proprio territorio, gli 'ndranghetisti hanno dimostrato di conoscerla bene e a fondo. Senza trascurare il dato che oggi molti degli appartenenti alla 'ndrangheta hanno acquisito un livello di istruzione di altissimo livello.

In questo caso l'errore consisterebbe nell'identificare istruzione e cultura e pensare che cultura tout court sia sinonimo di etica. Se non si accetta questa equivalenza è necessario innanzitutto continuare a lavorare incessantemente anche a livello educativo. Questo esige l'impegno convergente e coordinato di tutti i soggetti che operano sui territori nell'assumere la famiglia di 'ndrangheta nel suo insieme come oggetto di studio e di azione, per provare a trasformarne l'identità e il funzionamento.

A tal fine il metodo da privilegiare ancora di più, per lottare e contrastare la 'ndrangheta, è il "lavoro di comunità e di rete", attraverso interventi nei processi di educazione e socializzazione primaria e secondaria (azioni di sostegno alla genitorialità, alla scolarizzazione dei minori in difficoltà, di contrasto all'abbandono scolastico) e in ambito psicoterapeutico ove è necessario e possibile; interventi nel campo dell'animazione socio-culturale all'interno dei quartieri (nei luoghi di aggregazione formale ed informale), di inserimento e reinserimento nel mondo del lavoro, in comunità alternative al carcere; di conquista di spazi di socialità in cui costruire legami significativi.

È necessario, in sintesi, "riconquistare" le piazze e le strade come parte costitutiva dello scenario geografico perché ciò significa riconoscere il continuo interscambio tra gli elementi di base dell'esperienza (il luogo, le vie di comunicazione, la geomorfologia del territorio) e gli eventi storici e culturali che in essi nascono e si sviluppano.

Tralasciare queste iniziative ed affidarsi esclusivamente alla repressione giudiziaria, ancorché imprescindibile e assolutamente necessaria, significa aver perso in partenza la lotta contro lo strapotere delle 'ndrine.

Per finire, possiamo definire la lotta alla 'ndrangheta come la paziente costruzione di un mosaico.

E nella metafora del mosaico si devono tenere ben presenti alcune caratteristiche: ogni tessera vista da vicino presenta delle irregolarità e non ha senso se non accostata alle altre, nel posto giusto. Fuor di metafora nessuno pensi la 'ndrangheta come qualcosa di completamente esterno a sé, del tutto alieno dal proprio modo di pensare; e che sia possibile fare i "cavalieri solitari".

È questa la prima consapevolezza necessaria per un percorso difficile, faticoso e non privo di ostacoli, come la storia recente e passata del nostro Paese ci ricorda. Si sta lottando contro un "Sistema" che «è un aggregato di parti, che dipendono le une dalle altre secondo leggi e regole fisse e tendono ad un medesimo fine. E fuori dal potentissimo, elitario e pervasivo gruppo del Sistema, ci sono fortunatamente gli uomini e le donne del non-Sistema» (Claudio Cordova, 2013).

Ed è proprio questo che fa pensare che non tutto sia perduto e che apre il cuore alla speranza. Alla fine è anche una questione di rapporti di forza. A ciascuno scegliere da che parte stare. A Reggio, come a Roma; a Milano come a Bogotà... *Tertium non datur*, almeno in questo caso.

E per finire c'è forse una domanda implicita

che attraversa questo libro. Cos'è la bellezza? A mio avviso essa comprende l'estetica, che ha un suo ineludibile valore, ma la supera. Di una persona che ci colpisce per il suo modo positivo di vivere le relazioni si dice:

«È una bella persona». Subiamo la fascinazione di un luogo bello. La 'ndrangheta opera in direzione contraria.

A pensarci bene essa nega la Bellezza e negandola la rifiuta. Vivere per la Bellezza non è facile, non è spontaneo. Bisogna essere disposti a un duro lavoro su di sé, che implica un'approfondita riflessione sulle luci e le ombre che ci portiamo dentro, passaggi necessari e propedeutici per trasformare se stessi e la relazione con i luoghi in cui la Vita ci chiama a vivere. Non sempre siamo disposti a farlo. È necessario lottare.

Appendice

L'abisso e la foglia, Yossef Hanagal

Scendere verso l'abisso, senza precipitare.
Soffrire, pensare e sperare.
Strada lunga ed aspra la risalita,
con cadute e faticosi rialzi,
con la speranza che,
inesorabile,
dal cuore sale, come la linfa dalle radici,
all'ultima foglia,
in alto.

Il portico del mistero della seconda virtù,
Charles Péguy

«… E sperare che è difficile.
La speranza non va da sé.
La speranza non va da sola.
Per sperare bisogna essere stati
o essere molto felici;
bisogna avere ottenuto,
ricevuto una grande grazia.
La Speranza è una bambina.
Eppure è questa bambina
che traverserà i Mondi»

(libero adattamento)

Bibliografia

Carratelli I.T. – Lanza A. M. (2007) a cura di, *Oltre il cancello*, Centro Studi Auxologici, Firenze

Cordova C. (2013), *Il Sistema Reggio*, Laruffa, Roma

De Silvestris P. (2006), *La difficile identità*, Borla, Roma

Fantozzi P. (1983), *Politiche di welfare e sindacati nell'agricoltura calabrese*, in G. Anania, R. Fanfani (a cura di), *Trasformazione nell'agricoltura calabrese e intervento pubblico nel Mezzogiorno*, Marra, Cosenza

Freud S. (2003), *L'Io e l'Es e altri scritti 1917-1923*, Bollati Boringhieri, Torino

Gaddini E. (1989), *Scritti 1953-1985*, Raffaello Cortina, Milano

Lombardi Satriani L. – Meligrana M. (1983), *Un villaggio nella memoria*, Casa del Libro, Reggio Calabria

Malafarina L. (1986*)*, *La 'ndrangheta: il codice segreto, la storia, i miti, i riti e i personaggi*, Gangemi, Roma

Pretto M. (1988), *Cultura popolare calabrese e società amicale*, CSERPE, Basilea

Rossi P. (1983), *Cultura e antropologia*, Einaudi, Torino

Ruszczynski S. – Fisher J. (2003) (a cura di), *Intrusività e intimità nella coppia*, Borla, Roma

Siebert R. (1991) … *è bella però è femmina*, Rosenberg & Sellier, Torino

Smaldone V. (gennaio 2013), *Donne di 'ndrangheta Boss nell'ombra* in *I Giovani Siciliani*, rivista dell'Associazione culturale I Giovani Siciliani

Tustin F. (1992), *Stati autistici nei bambini*, Armando, Roma

Turri E. (marzo 2000) *Il paesaggio racconta*, saggio

presentato al Convegno della Fondazione Osvaldo Piacentini, Reggio Emilia

Winnicott D.W. (1963), *La paura del crollo*, in *International Journal of Psycho-Analysis*

Zucca M. (2002), *Le donne custodi della memoria – La rete delle signore delle Alpi al Centro di ecologia alpina di Trento*, in AA.VV., *Donne e turismo*, Provincia autonoma di Trento.

Indice

Finito di stampare nel mese di Settembre 2017
per conto di Youcanprint *Self-Publishing*